Lisbeths

KRIMIKNABBEREIEN

Lisbeths

KRIMIKNABBEREIEN

KARIN BUHL

FÜR DICH UND MUCKEL,
SEID IHR DOCH DAS WICHTIGSTE IN MEINEM LEBEN!

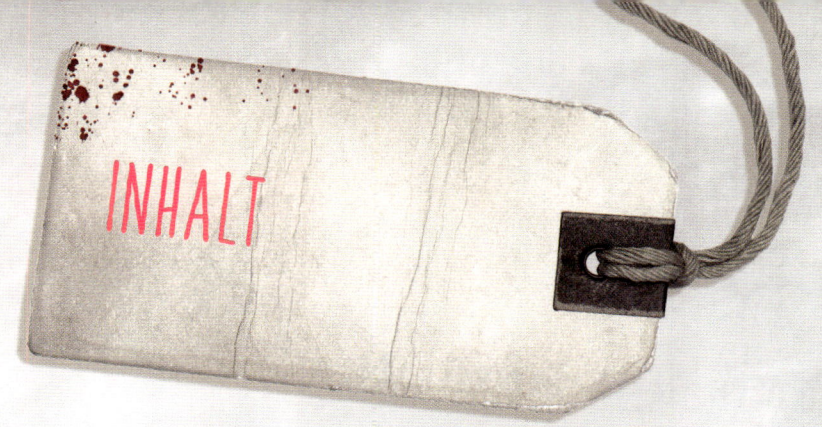

INHALT

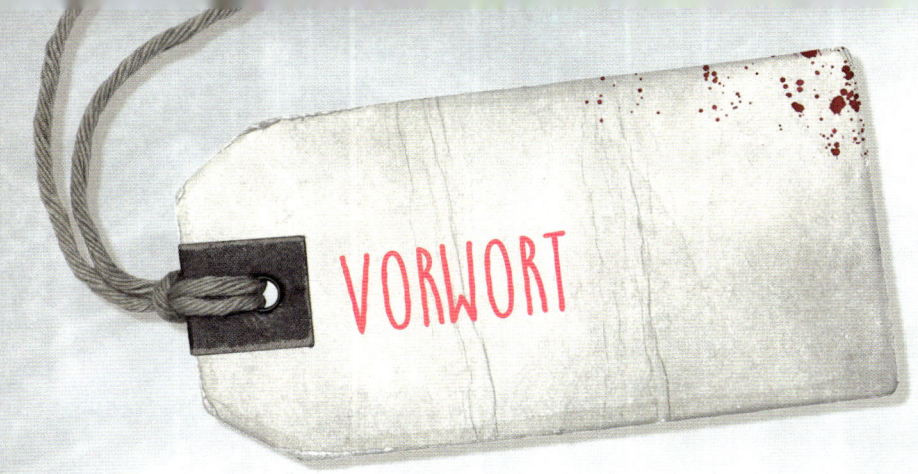

VORWORT

Krimis – seit ich denken kann, liebe ich dieses spannende Genre. Ob Raub, Überfall, Entführung oder gar ein Mord, nichts geht über einen Abend mit einem packenden Krimi!

Wenn ich es mir aussuchen könnte, würde ich an der bretonischen Küste leben und ein kleines Bistro betreiben. So lange die Tarte im Ofen vor sich hin buttert, würde ich auf Spurensuche gehen und kleine Dorfverbrechen aufdecken. Ich hätte dann wahrscheinlich auch einen flotten Dorfschatten, der mich mit geheimen Indizien versorgen würde. Und als Gegenleistung gäbe es von mir allerfeinste Knabbereien.

Für einen spannenden Krimiabend bei einer Lektüre oder vorm Fernseher brauche ich immer etwas Nervennahrung: Leckere Snacks und Knabbereien, die in der Regel schnell zubereitet sind. Die Rezepte für dieses Buch lassen sich fast alle kurzfristig und einfach umsetzen. Sie begleiten die spannungsgeladene Atmosphäre je nach Laune mit einer würzigen oder einer süßen Note.

Entstanden ist die Idee auf meinem Blog www.lisbeths.de. Über einen langen Zeitraum habe ich jeden Freitag eine Knabberei für den sonntäglichen Tatort gepostet. Zum Knabbern gab es Allerlei: In feinster Schokolade getunkte Trauben, knusprige Fleur-de-Sel-Cracker, fruchtige und kandierte Orangenschalen oder süß-salzige Erdnuss-Karamell-Riegel.

Darüber hinaus habe ich mir neue Kreationen ausgedacht, die einen packenden Krimi auch zu einem genussvollen machen. So finden Sie hier beispielsweise deftige Süßkartoffel-Parmesan-Türmchen oder unwiderstehlich scharfe Toast-Muffins, die mit verführerischen Aromen locken und jeden zum Wiederholungstäter machen.

Auch an Süßem soll es nicht fehlen! Dabei muss es nicht immer eine Tafel Schokolade sein, sondern süße Cheesecake-Gugelhupfe mit weißer Vanille-Schokolade oder Schokoladenkekse mit Marshmallows und Orangen-Butter-Glasur, die durch ihrer Duft die Vorfreude auf das gemütliche Beisammensein ins Unermessliche steigern. Für jeden Geschmack ist garantiert etwas Köstliches dabei!

Ganz viel Freude beim Ausprobieren, Genießen und eine spannende Unterhaltung wünscht

Lisbeths
(Teilzeit-Kommissarin)

SÜSSE
KRIMIKNABBEREIEN

SCHOKOLADENKEKSE

MIT MARSHMALLOWS UND ORANGEN-BUTTER-GLASUR

FÜR 30–35 KEKSE

FÜR DEN KEKSTEIG

250 g Schokolade

115 g Butter

3 Eier

230 g brauner Zucker

2 TL Vanilleextrakt

1 ½ TL Backpulver

30 g ungesüßtes Kakaopulver

¼ TL Salz

180 g Mehl

TIPP Die noch heißen Walnusskerne mit Muscovado-Zucker bestreuen. Das verleiht den Keksen einen zusätzlichen Karamell-Geschmack. Wer es salzig mag, gibt etwas Meersalz unter die Glasur.

FÜR DAS TOPPING

150 g Walnusskerne

2 EL Butter

120 g Puderzucker

½ TL Vanilleextrakt

15 g ungesüßtes Kakaopulver

1 TL Orangenaroma

150 Mini-Marshmallows

Die Schokolade klein hacken und zusammen mit der Butter in einem Topf langsam zum Schmelzen bringen. Zur Seite stellen und etwas abkühlen lassen. Die Eier mit dem Handmixer aufschlagen, langsam den Zucker einrieseln lassen und zu einer cremigen Konsistenz verrühren. Vanilleextrakt hinzufügen und Schokoladenbutter untermixen.

Backpulver, Kakao, Salz und Mehl vermischen. Über die Creme sieben und gut miteinander vermengen. Die Schüssel mit Klarsichtfolie abdecken und für 1 Stunde in das Gefrierfach stellen.

Den Ofen auf 200 °C vorheizen.

Für das Topping die Walnüsse auf ein mit Backpapier ausgelegtes Backblech legen und für 5–7 Minuten rösten. Die Nüsse abkühlen lassen.

Die Butter schmelzen. Zusammen mit Puderzucker, Vanilleextrakt, Kakaopulver, Orangenaroma und etwas Wasser verrühren. Nur so viel Wasser hinzufügen, bis die Masse eine cremige, nicht zu flüssige Konsistenz hat.

Die Ofentemperatur auf 160 °C reduzieren. Den gekühlten Keksteig mit den Händen zu kleinen Kugeln formen. Die Kugeln in einem 2-cm-Abstand auf ein mit Backpapier ausgelegtes Backblech legen. Für 10 Minuten auf mittlerer Schiene backen.

Das Blech aus dem Ofen nehmen und in jeden Keks drei bis vier kleine Marshmallows drücken und für weitere 2–3 Minuten backen. Auf einem Gitter auskühlen lassen. Die Kekse mit den Walnüssen dekorieren und die beiseitegestellte Schokoladenglasur darüberträufeln. Für ca. 30 Minuten trocknen lassen.

STROOP–
WAFFELN

Legt diese Krimiknabberei auf den Tassenrand eines heißen Kaffees oder Kakaos und wartet einen Moment ab, bis sich die Füllung erwärmt hat. Das schmeckt einfach nur göttlich. Vorsicht, die Waffeln locken ungebetene Langfinger an.

Butter, Zucker, Salz und Zimt mit dem Mixer schaumig schlagen. Das Ei unterrühren. Nach und nach das Mehl untermischen. Den Teig in Klarsichtfolie wickeln und kurz im Kühlschrank ruhen lassen.

Das Hörnchen-Waffeleisen mit Butter einfetten und vorheizen. Aus dem Teig kleine Kugeln formen und nacheinander mittig auf den Einsatz für dünne, runde Stroop-Waffeln legen. Unter Beobachtung goldbraun backen. Zwischendurch das Eisen mit etwas Butter fetten. Die fertigen Waffeln auf ein Kuchengitter legen.

Für die Füllung die Butter mit dem Honig erwärmen und abkühlen lassen. Je 1 TL Honigbutter auf eine Waffel geben und gleichmäßig verteilen. Eine zweite Waffel darauflegen und beide Waffeln zusammenkleben.

FÜR CA. 18 GEFÜLLTE WAFFELN

90 g weiche Butter
100 g Rohrohrzucker
1 Prise Salz
½ TL Zimtpulver
1 Ei
200 g Weizenmehl
Butter zum Einfetten

FÜR DIE FÜLLUNG

40 g Butter
90 g Honig

CHIA-GRISSINI
MIT MEERSALZ

Diese Krimiknabberei mit Chia-Samen und Meersalz schmeckt richtig lecker und passt hervorragend zu einem kühlen Bier.

FÜR 50–80 GRISSINI

1 EL feiner Zucker
½ Würfel frische Hefe
350 g Mehl zzgl. etwas für die Arbeitsfläche
8 EL Olivenöl zzgl. etwas zum Bestreichen
½ TL Salz
1 Eiweiß
2–3 geh. TL Chia-Samen
Maldon Meersalz

Zucker mit 150 ml lauwarmem Wasser in eine große Schüssel geben. Die Hefe dazugeben und alles gut verrühren.

Mehl, Olivenöl, Salz, Eiweiß und Chia-Samen mit dem Handmixer gut vermengen. Zugedeckt an einem warmen Ort für ca. 1 Stunde gehen lassen.

Den Teig in 50–80 gleich große Stücke teilen. Jede Portion auf einer bemehlten Arbeitsfläche zu einem dünnen Strang ausrollen.

Den Backofen auf 175 °C vorheizen.

Die Teigstränge auf ein mit Backpapier ausgelegtes Backblech legen. Mit etwas Olivenöl bestreichen und mit Meersalz bestreuen. Im vorgeheizten Backofen für 12–15 Minuten backen. Frisch schmecken die Grissini am besten.

TIPP
Besonders köstlich schmecken die Grissini auch mit Sesam. Diesen vor dem Backen über die Teigstränge streuen.

FEIGE
GEBÄCKSTANGEN

Bei dieser knusprigen Leckerei empfiehlt es sich nach 18:00 Uhr die Tür zweimal abzuschließen und die Alarmanlage scharf zu stellen – sonst könnte die Knabberei schnell weg sein!

Den Backofen auf 200 °C vorheizen. Ein Backblech mit Backpapier auslegen.

Das Ei verquirlen. Den Blätterteig ausrollen und quer halbieren. Dann in ca. 4 cm breite Streifen schneiden und mit dem Ei bestreichen.

Die Feigen in dünne Streifen schneiden und mit den Pinienkernen auf den Teig legen, etwas Vanille darübermahlen und zusammenklappen. Mit etwas Schwung das Ganze spiralförmig drehen und auf das vorbereitete Backblech legen. Mit etwas Ei bepinseln und mit Meersalz bestreuen. Für 12–15 Minuten backen und warm servieren.

FÜR 2 PORTIONEN

1 Ei
1 Pck. Blätterteig (aus dem Kühlregal)
3–4 getrocknete Feigen
50 g Pinienkerne
1 Pck. Bourbon-Vanille
Maldon Meersalz

LAKRITZ-MACARONS

Für Lakritzfans kommt hier eine sehr mutige Zwei-Länder-Knabberei: Dänisches Lakritz trifft auf französische Macarons. Für den weltoffenen Couch-Ermittler eine Gaumenfreude der besonderen Art.

Ein Backblech mit einer Macaron-Silikonmatte oder Backpapier auslegen. Mandelmehl und Puderzucker fein mahlen. Zwei- bis dreimal durch ein feines Sieb streichen. Eiweiß schlagen. Wenn es anfängt, schaumig zu werden, den Zucker dazugeben. Nach Belieben etwas schwarze Lebensmittelpaste dazugeben und weitermixen, bis ein fester Eischnee entstanden ist.

Ein Drittel des Mandel-Puderzucker-Mehls zur Eiweißmasse geben und gleichmäßig unterrühren. Das zweite und dritte Drittel ebenso unterheben. Die Masse sollte nicht zu flüssig, aber auch nicht zu fest sein. In einen Spritzbeutel mit Lochtülle füllen und auf die Silikonmatte spritzen. Falls Backpapier verwendet wird, kleine Kreise von 2,5 cm Ø im Abstand von ca. 3 cm auf das Papier malen und die Masse daraufspritzen. Für 15–30 Minuten ruhen lassen.

Den Backofen auf 145 °C vorheizen. Die Macaronhälften für ca. 15 Minuten backen. Wenn die Schalen abgekühlt sind, behutsam von der Silikonmatte lösen.

Für die Füllung die Schokolade im Wasserbad schmelzen. Die Lakritzpralinen klein schneiden und dazugeben. So lange rühren, bis sich alles miteinander vermengt und aufgelöst hat. Die Sahne kurz aufkochen lassen und zu der Schokoladen-Lakritz-Creme geben. Kalt stellen.

Die Unterseite einer Macaronhälfte mit der Creme füllen und eine zweite Hälfte mit einer leichten Drehbewegung aufsetzen. Für ca. 4 Stunden in den Kühlschrank stellen. Etwas Zuckerwasser auf die Oberseite der Macarons geben. Die Salmiak-Bonbons in einem Blender mahlen und damit die Macarons bestreuen.

FÜR CA. 15 MACARONS
45 g gemahlene Mandeln
75 g Puderzucker
36 g Eiweiß
10 g Zucker
schwarze Lebensmittelpaste (nach Belieben)

Spritzbeutel mit Lochtülle Gr. 7

FÜR DIE FÜLLUNG
50 g Zartbitterschokolade
4–6 Lakritzpralinen
50 g Sahne
ca. 10 Salmiak-Bonbons, gemahlen

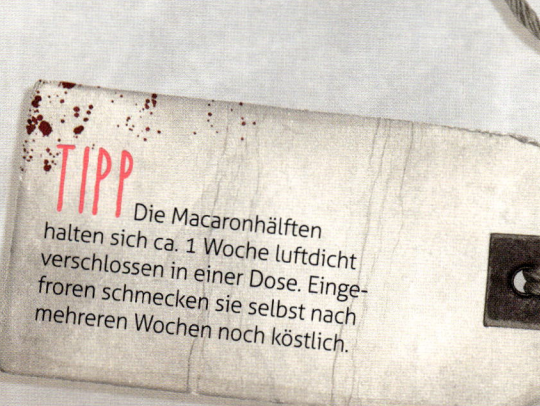

TIPP Die Macaronhälften halten sich ca. 1 Woche luftdicht verschlossen in einer Dose. Eingefroren schmecken sie selbst nach mehreren Wochen noch köstlich.

CHEESECAKE-GUGELHUPFE
MIT WEIßER VANILLE-SCHOKOLADE

FÜR 6 MIDI-CHEESECAKE-GUGELHUPFE

FÜR DAS HIMBEERPÜREE

70 g frische Himbeeren oder TK-Himbeeren
2 EL flüssiger Honig
2 TL Vanilleextrakt
2 TL Speisestärke (nach Belieben)

FÜR DIE CHEESECAKES

5 Blätter Gelatine
15 Vollkorn-Butterkekse
50 g Butter
2 EL Muscovado-Zucker
100 g Sahne
175 g Frischkäse
40 g feiner Zucker
Saft von ½ Limette
50 g weiße Schokolade
Mark von 1 Vanilleschote

6er-Midi-Silikon-Gugelhupfform

Himbeeren mit 20 ml Wasser, Honig und Vanilleextrakt in einem Topf zum Kochen bringen und ca. 5 Minuten köcheln lassen. Das Püree durch ein feines Sieb streichen. Wer möchte, dickt das Püree mit Speisestärke an. Hierfür die Speisestärke in kaltem Wasser anrühren und zu den Himbeeren geben. Kurz aufkochen und abkühlen lassen.

Für die Cheesecakes die Gelatine in kaltem Wasser einweichen. Die Butterkekse in einem Blender mahlen oder in einen Gefrierbeutel geben und mit einem Nudelholz zerstoßen. Die Butter schmelzen und unter die Kekskrümel geben. Mit dem Muscovado-Zucker vermengen und beiseitestellen.

Sahne cremig aufschlagen und Frischkäse glatt mixen. Zucker zum Frischkäse hinzufügen und ca. 2 Minuten weitermixen. Die Gelatine ausdrücken und mit dem Limettensaft erwärmen. Sobald sich die Gelatine aufgelöst hat, etwas vom Frischkäse und 3 EL Himbeerpüree hinzufügen und vermengen. Die Gelatine-Frischkäse-Mischung und das restliche Himbeerpüree wieder zur Frischkäsecreme geben. Alles gut miteinander verrühren.

Die geschlagene Sahne unter die Frischkäsecreme heben und in einen Spritzbeutel ohne Tülle füllen. Die Creme zu zwei Drittel hoch in die Gugelhupfform spritzen. Eine dünne Schicht von den Butterkeksen auf die Creme geben. Mit einem Teelöffel etwas andrücken und für ca. 1 Stunde in den Kühlschrank stellen.

Die weiße Schokolade mit dem Mark einer Vanilleschote verfeinern und im Wasserbad schmelzen. Auf dem Keksboden verteilen und vor dem Servieren ca. 2–3 Stunden oder über Nacht im Kühlschrank kühl stellen.

TIPP Die Cheesecake-Gugelhupfe kann man im Sommer auch wunderbar als Eis genießen. Hierfür die Creme samt Silikonform einfrieren.

ERDNUSS-KARAMELL-RIEGEL

Ein Nusstraum in karamelliger Vollendung – so könnte die neueste Krimifolge heißen. Hier sollte man sich einen kleinen Vorrat anlegen oder niemandem davon erzählen.

FÜR CA. 18 KLEINE RIEGEL

400 g weiche Karamellbonbons
3–4 EL Milch
60 g weiche Butter
150 g Rohrohrzucker
1 TL Vanilleextrakt
2 Eigelb
2 TL Natron
225 g Mehl
75 g Salzbrezel
200 g Marshmallow-Creme
60 g Erdnussbutter
30 g Puderzucker
200 g gesalzene Erdnüsse
Maldon Meersalz

Den Ofen auf 180 °C vorheizen. Eine Tarteform oder ähnliches mit Backpapier auslegen.

In einem Topf die Karamellbonbons mit der Milch unter ständigem Rühren ganz langsam zum Schmelzen bringen.

Butter und Zucker verrühren, Vanilleextrakt und Eigelbe hinzufügen. Gut miteinander vermengen. Natron und Mehl zufügen und weitermixen. Die Salzbrezel grob zerbröseln und untermengen.

Den Teig in die vorbereitete Form geben und gleichmäßig verteilen. Für 10–15 Minuten hellbraun backen. Die Marshmallow-Creme zusammen mit der Erdnussbutter in der Mikrowelle auf höchster Stufe für ca. 1 Minute schmelzen, bis sie zähflüssig ist.

Den Puderzucker sofort mit der Marshmallow-Erdnussbutter-Masse vermischen; die Creme wird beim Erkalten schnell hart. Sofort auf den Teig geben und verstreichen. Die Erdnüsse darauf verteilen, mit der flüssigen Karamellcreme bedecken und mit Meersalz bestreuen. Im Kühlschrank auskühlen lassen. Mindestens 30 Minuten vor dem Anschnitt aus dem Kühlschrank holen.

TIPP

Die Riegel schmecken auch mit Macadamianüssen oder Cashewkernen hervorragend.

APRIKOSEN-GRAPEFRUIT-SNACK

Ein gesunder Snack ganz ohne Zucker – schärft den Verstand und beruhigt die Nerven. So kann es hochkonzentriert an die Ermittlungen gehen.

Die Grapefruit halbieren und auspressen. Die Aprikosen in kleine Stücke schneiden und für ca. 1 Stunde im Grapefruitsaft einweichen.

Den Backofen auf 150 °C vorheizen. Ein Backblech mit Backpapier auslegen.

Die Mandeln auf das vorbereitete Backblech geben und im vorgeheizten Ofen für 7–10 Minuten rösten.

Eingeweichte Aprikosen, Grapefruitsaft, geröstete Mandeln und Kokoschips in einen Blender oder Standmixer geben und grob mahlen.

Eine rechteckige Tarteform mit Backpapier auslegen und die Masse 1–2 cm hoch darin verteilen. Für ca. 20 Minuten im vorgeheizten Ofen backen. Kurz aus dem Ofen holen und in mundgerechte Stücke schneiden. Für weitere 7–10 Minuten backen. Gut auskühlen lassen.

Der Snack sollte außen knusprig und innen schön soft sein. Verpackt und gut gekühlt hält sich der Aprikosen-Grapefruit-Snack mindestens 1 Woche.

FÜR CA. 28 MUNDGERECHTE STÜCKE

1 Grapefruit
125 g getrocknete Bio-Aprikosen
70 g Bio-Mandeln
1 EL geröstete Bio-Kokoschips

TIPP

Statt der Aprikosen können auch Feigen oder Datteln verwendet werden.

KANDIERTE
ORANGENSCHALEN

Diese Krimiknabberei ist etwas aufwendig in der Herstellung. Dafür wird man mit einer Köstlichkeit belohnt, die es in sich hat. Man kann sie wunderbar vorbereiten und hat immer etwas im Haus, wenn der kleine Krimihunger kommt.

Die Orangen heiß abwaschen und abtrocknen. Mit einem scharfen Messer zuerst die Ober- und Unterseite der Orangen abschneiden. Dann die Schale längs in Streifen ritzen und die Orange schälen. Das Messer so dicht wie möglich auf die Innenseite der Schale setzen und die weiße Haut entfernen.

Die Schalen in Wunschgröße schneiden. Die Schalen drei- bis viermal mit kaltem Wasser aufsetzen und aufkochen. Danach mit einem Küchentuch abtrocknen und abwiegen.

Die Orangenschalen in einen Topf geben. Als Faustregel gilt: Pro 100 g Schale kommen 100 g Zucker und 2 EL Wasser dazu. Zuerst den Zucker karamellisieren und dann die Orangenschalen dazugeben. Unter ständigem Rühren so lange köcheln, bis der Zucker an den Schalen kleben bleibt. Die Schalen auf ein mit Zucker bestreutes Backpapier geben, im Zucker wälzen und auskühlen lassen.

Die Schokolade im Wasserbad schmelzen und das Chilipulver untermischen. Die Orangenschalen zur Hälfte in die flüssige Schokolade tunken und zurück auf das Backpapier legen. Über Nacht trocknen lassen.

FÜR 4 PORTIONEN

6 unbehandelte Orangen

300 g feiner Zucker zzgl. etwas zum Bestreuen

100 g Zartbitterschokolade
(mind. 70 % Kakaogehalt)

1 Msp. Chilipulver

NEKTARINEN
MIT MASCARPONE UND GERÖSTETEN MANDELN

Eine gefährlich-süße Verführung. Ist sie erstmal ins Visier geraten, wird schnell klar, dass sie ebenso raffiniert wie gnader los lecker ist.

FÜR 2 PORTIONEN

2 reife Nektarinen
50 g Butter
4 EL flüssiger Honig
4 EL gehobelte Mandeln
100 g Sahne
125 g Mascarpone

Den Backofen auf 180 °C vorheizen und ein Backblech mit Backpapier auslegen.

Die Nektarinen waschen, entsteinen und mit der Schnittseite nach oben auf das Backblech legen. Je ein Stückchen Butter in die Mitte der Nektarinenhälften legen, etwas Honig darauf verteilen und für 15–20 Minuten weich backen.

Die Mandeln ohne Fett in einer kleinen Pfanne anrösten, auf einen Teller geben und abkühlen lassen. Sahne cremig schlagen. Den Mascarpone mit dem Handmixer kurz verrühren und mit der Sahne vermengen. Die Hälfte der Mandeln unter die Creme heben.

Die Nektarinen auf einem Teller anrichten und etwas von der Mascarpone-Creme auf die Hälften verteilen. Mit den restlichen Mandeln bestreuen und lauwarm genießen.

TIP:
Statt der Nektarinen können auch Pfirsiche verwendet werden.

KARAMELLISIERTE ANANAS
MIT SCHOKOLADE UND PISTAZIEN

Pünktlich zum Krimiabend darf es auch mal süß, fruchtig und schokoladig sein. Ganz ungefährlich, gesund und zum Niederknien köstlich.

Die Backofengrillfunktion auf 200 °C vorheizen und ein Backblech mit Backpapier auslegen.

Die Ananas vom Strunk befreien und mit einem scharfen Messer von der Schale trennen. In ca. 1,5 cm dicke Scheiben schneiden und diese auf das vorbereitete Backblech legen. Die Ananasscheiben mit dem Zucker bestreuen und so lange grillen, bis der Zucker karamellisiert und die Ananas goldbraun ist. Aus dem Ofen holen und auskühlen lassen.

Die Schokolade über einem heißen Wasserbad schmelzen. Die Ananasscheiben in mundgerechte Viertel schneiden und auf einem Holzstiel stecken. In die Schokolade tunken und sofort mit den Pistazien und den Zuckerstreusel bestreuen. Auf Backpapier trocknen lassen.

FÜR CA. 20 STÜCK

1 frische Ananas
4 EL Muscovado- oder brauner Rohrzucker
50 g Zartbitterschokolade (mind. 70 % Kakaogehalt)
40 g Pistazien, gehackt
10 g bunte Zuckerstreusel

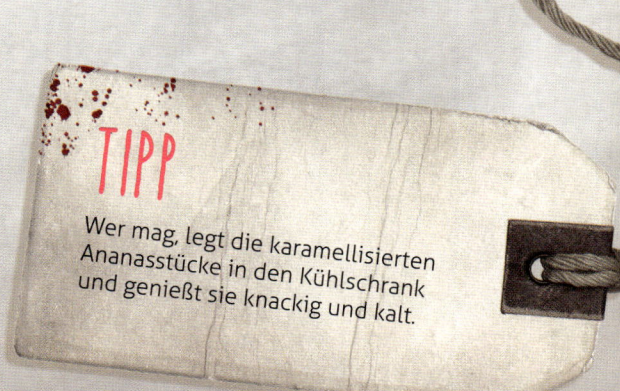

TIPP

Wer mag, legt die karamellisierten Ananasstücke in den Kühlschrank und genießt sie knackig und kalt.

SCHOKOLIERTE TRAUBEN

Bei dieser fruchtigen Krimiknabberei wird jeder zum Wiederholungstäter – man kann einfach die Finger nicht davon lassen!

FÜR CA. 2–3 PORTIONEN

50 g Zartbitterschokolade
(mind. 92 % Kakaogehalt)
2 TL Kokosnussöl
250 g kalte kernlose Weintrauben

Die Schokolade ganz langsam in einem Wasserbad schmelzen und das Kokosnussöl hinzufügen. Vorsichtig erhitzen.

Die Trauben waschen, die Stiele entfernen und in die Schokolade tunken. Auf einem Backpapier trocknen lassen.

TIPP

Die Weintrauben lassen sich wunderbar gegen die eigene Lieblings-Fruchtsorte austauschen.

SCHOKOLIERTE
MANDARINEN MIT MEERSALZ

Ein kleiner, feiner Snack für den Krimiabend. Kleiner Aufwand mit großer Wirkung.

Die Schokolade über einem heißen Wasserbad schmelzen.

Die Mandarinen schälen und von den weißen Fasern befreien. Die Früchte zur Hälfte in die flüssige Schokolade tunken. Mit etwas Meersalz bestreuen und auf einem Backpapier trocknen lassen. Für ca. 1 Stunde in den Kühlschrank stellen.

FÜR 2 PORTIONEN

50 g Zartbitterschokolade (mind. 70 % Kakaogehalt)

6 Mandarinen

Maldon Meersalz

TIPP

Statt der Mandarinen können auch Erdbeeren verwendet werden. Schokolierte Erdbeeren schmecken eiskalt am besten.

BISCOTTI

Ein ganz wunderbarer Snack, der nicht nur zu einem spannenden Krimi schmeckt. Man sollte diese Waffe ständig im Haus haben – zum Selbstschutz.

Den Ofen auf 180 °C vorheizen. Eine rechteckige Backform von 20 x 10 cm mit Backpapier auslegen.

Eiweiß mit dem Handmixer anschlagen und langsam den Zucker einrieseln lassen. So lange weitermixen, bis sich der Zucker aufgelöst hat und das Eiweiß steif ist. Salz hinzufügen. Das Mehl über die Creme sieben und kurz verrühren. Die Haselnüsse unter die Masse heben.

Die Creme mit einem Spatel in die vorbereitete Form geben und diese einige Male auf die Arbeitsplatte klopfen, damit sich die Masse setzt. Für 25 Minuten auf mittlerer Schiene backen. Sofort auf ein Gitter stürzen und das Backpapier vorsichtig entfernen. Komplett auskühlen lassen.

Mit einem scharfen Messer, einem Brotmesser oder mit der Brotmaschine sehr dünne Scheiben scheiden.

Den Ofen auf 160 °C vorheizen. Die Biscottini-Scheiben erneut auf ein mit Backpapier ausgelegtes Backblech legen. Die Scheiben erneut für 15–20 Minuten backen, bis sie hellbraun und schön knackig sind.

FÜR 40–50 STÜCK

100 g Eiweiß (Raumtemperatur)
100 g feinster Zucker
1 Prise Salz
100 g Mehl
100 g ganze, ungeschälte Haselnüsse
Maldon Meersalz

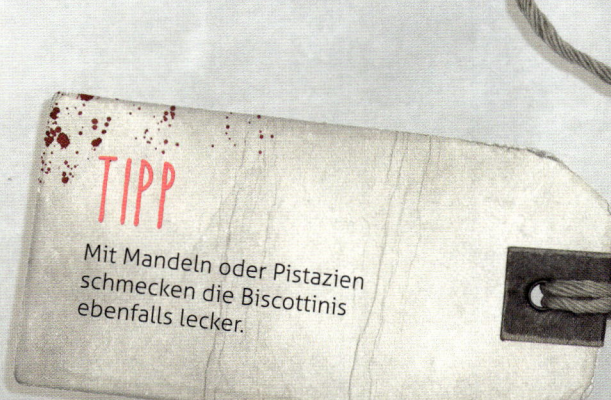

TIPP

Mit Mandeln oder Pistazien schmecken die Biscottinis ebenfalls lecker.

MINI-DONUTS

Eine kleine, süße Verführung, die jedes Ermittlerherz höher schlagen lässt.

FÜR 36 MINI-DONUTS

FÜR DEN TEIG

1 TL Butter
100 g Mehl
¼ TL Backpulver
1 Prise Salz
35 g Muscovado-Zucker
1 Ei
60 ml Milch
1 TL Vanilleextrakt
1 Prise Bio-Himbeerpulver

FÜR DIE GLASUR

½ Eiweiß
150–200 g Puderzucker
Saft von ½ Zitrone
farbige Lebensmittelpaste (nach Belieben)
Zuckerperlen
Fett für die Form

Spritzbeutel mit Lochtülle
Mini-Donutform
Lollistiele

Den Ofen auf 160 °C vorheizen. Eine Mini-Donut-Silikonform gut einfetten.

Die Butter schmelzen. Zusammen mit Mehl, Backpulver, Salz, Muscovado-Zucker, Ei, Milch, Vanilleextrakt und Himbeerpulver zu einem Teig mischen. In einen Spritzbeutel mit Lochtülle füllen und in die Förmchen spritzen. Für 12–14 Minuten backen. Kurz auskühlen lassen, aus der Form holen und die nächsten Mini-Donuts backen.

Für die Glasur das Eiweiß kurz anschlagen. Den Puderzucker sieben und untermischen. Je nach Geschmack den Zitronensaft dazugeben. Wer möchte, färbt die Glasur mit Lebensmittelfarbe ein.

Die Oberseite der Donuts in die Glasur tunken und mit Zuckerperlen dekorieren. Trocknen lassen. Die Stiele vorsichtig seitlich bis kurz vor den Innenrand hineinstecken.

APRIKOSEN-EISCREME-HÜTCHEN

Diese Knabberei kommt eiskalt um die Ecke und schmeckt dabei unwiderstehlich köstlich. Die karamellisierten Aprikosen bringen eine leichte Säure mit und machen dieses Eis zu einer puren Erfrischung an heißen Krimiabenden.

Die Aprikosen waschen, entsteinen, in kleine Stückchen schneiden und in einem Topf mit dem Muscovado-Zucker karamellisieren lassen.

Vanilleextrakt unterrühren, etwas eindicken und abkühlen lassen. Den Joghurt dazugeben. Alles miteinander vermischen. In einen Spritzbeutel füllen und die Spitze vorne so abschneiden, dass auch kleine Aprikosenstückchen durchpassen.

Für mindestens 4 Stunden einfrieren. Nach ca. 1 Stunde die Stiele in die Aprikosen-Joghurt-Mischung stecken. Das Eis nach der Gefrierzeit aus der Form lösen.

Für die Glasur die Schokolade und das Kokosfett im Wasserbad schmelzen, nicht zu heiß werden lassen. Die Glasur in ein kleines, hohes Gefäß füllen und die gefrorenen Aprikosen-Eiscreme-Hütchen eintauchen. Wer mag, dekoriert die Hütchen noch mit Zuckerstreusel.

FÜR 18 KLEINE EIS AM STIEL

FÜR DIE EISCREME

150 g frische Aprikosen
2–3 EL heller Muscovado-Zucker
1 EL Vanilleextrakt
250 g griechischer Joghurt

FÜR DIE SCHOKOLADENGLASUR

40 g Schokolade (mind. 70 % Kakaogehalt)
60 g reines, ungehärtetes Kokosfett
bunte Zuckerstreusel (nach Belieben)

Spritzbeutel
Lollistiele

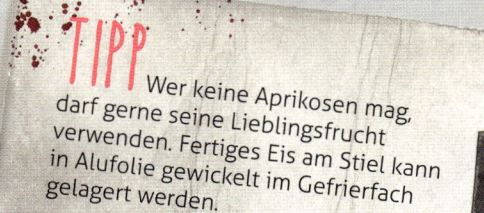

TIPP

Wer keine Aprikosen mag, darf gerne seine Lieblingsfrucht verwenden. Fertiges Eis am Stiel kann in Alufolie gewickelt im Gefrierfach gelagert werden.

GEWÜRZTES
BEERENSORBET

Für einen spannenden Krimi an einem lauen Sommerabend gibt es nichts Köstlicheres als ein Sorbet. Na, ist die Terrassentür auch abgeschlossen …?

FÜR 2 PORTIONEN

500 g TK-Himbeeren
1 cm frischer Ingwer
50 g Zucker
6–8 frische Minzblätter
1 Msp. gemahlene Gewürznelken
1 Msp. gemahlener Piment
1 Msp. frisch gemahlene Muskatnuss
1 Msp. Zimtpulver
1 TL Vanilleextrakt

Die Himbeeren etwas antauen lassen.

Ingwer schälen, mit Zucker und 120 ml kaltes Wasser in einem Standmixer pürieren. Minzblätter, Gewürznelken, Piment, Muskatnuss, Zimtpulver und Vanilleextrakt hinzufügen und kurz mixen.

Das Beerensorbet in ein passendes Gefäß füllen und genießen.

TIPP

Die Himbeeren können durch jede andere Frucht ersetzt und das Sorbet kann mit einem Schuss Gin verfeinert werden.

HERZHAFTE KRIMIKNABBEREIEN

ROSMARIN-OLIVENÖL-
KISSEN

Auf der Suche nach einer neuen Krimiknabberei habe ich diese Rosmarin-Kissen mit feinstem Olivenöl gebacken. Mein persönliches Highlight: mein Lieblingssalz Maldon Meersalz. Ob der Täter auch auf Salz steht? Das werden wir wohl nie erfahren – weggeknuspert waren sie vor Filmende.

FÜR 2 PORTIONEN

1–2 TL gemahlener Rosmarin
125 g Mehl
2 TL Speisestärke
¼ TL Meersalz zzgl. etwas zum Bestreuen
25 g Olivenöl

Den Backofen auf 200 °C vorheizen.

Rosmarin, Mehl, Speisestärke und Meersalz miteinander vermengen. Das Olivenöl dazugeben und alles zu einem krümeligen Teig verarbeiten. 50 ml kaltes Wasser hinzufügen und alles zu einem glatten Teig formen.

Die Teigkugel fest zwei- bis dreimal auf die Arbeitsfläche schlagen, damit die eingeschlossene Luft entweichen kann. Den Teig auf ein Backpapier legen und leicht andrücken. Ein zweites Backpapier darüberlegen und den Teig mit einem Nudelholz sehr dünn ausrollen. Das Papier vorsichtig abziehen und den Teig mit Meersalz bestreuen.

Mit einem Pizzaschneider oder Messer Vierecke von 5 x 5 cm ausstechen und für ca. 15 Minuten goldbraun backen. Auskühlen lassen und luftdicht verpacken.

KLEINE KÄSEBOMBEN MIT BASILIKUMBUTTER

Für den Hefeteig das Mehl sieben und zusammen mit dem Milchpulver, dem Zucker und dem Salz in einer Rührschüssel vermischen. Die Hefe in 50 ml lauwarmem Wasser auflösen und zu der Mehlmischung geben. Eier, Eigelb und Butter hinzufügen und mit dem Knethaken einer Küchenmaschine auf mittlerer Stufe für ca. 20 Minuten kneten.

Mit Klarsichtfolie abdecken und für 45 Minuten an einem warmen Ort ruhen lassen. Den Hefeteig vorsichtig aus der Rührschüssel nehmen, etwas bemehlen und in kleine 50-g-Portionen teilen.

Den Ofen auf 180 °C vorheizen.

Für die Füllung die portionierten Hefeteiglinge ein wenig öffnen und je eine kleine Mozzarellakugel mittig platzieren. Wer es käsiger mag, legt zwei Kugeln hinein. Gut verschließen und zu einer Kugel formen. Mit 2–3 cm Abstand zueinander und der Naht nach unten auf ein mit Backpapier ausgelegtes Backblech legen.

Die Butter schmelzen und mit den Basilikumblättern, etwas Meersalz und Pfeffer in einem Blender pürieren.

Die Hefekugeln mit der Basilikumbutter bestreichen und für 10–12 Minuten goldbraun backen. Die ofenfrischen Käsebomben erneut mit der Basilikumbutter bestreichen und mit etwas Meersalz bestreuen.

FÜR CA. 18 KLEINE BOMBEN

FÜR DEN HEFETEIG
400 g Mehl
35 g Milchpulver (ersatzweise Milch)
30 g feinster Zucker
1 TL Salz
1 Würfel frische Hefe
3 Eier
1 Eigelb
150 g weiche Butter

FÜR DIE FÜLLUNG
2 Pck. kleine Mozzarellakugeln (à 15 Stück)
40 g Butter
10–15 Basilikumblätter
Maldon Meersalz
Pfeffer

TIPP
Die Mozzarellakugeln für einige Minuten in Aceto balsamico einlegen. Hauchdünn geschnittene, frische Knoblauchscheiben in der Basilikumbutter ziehen lassen. Die Butter nach dem Backen auf die Käsebomben pinseln.

ZIEGENKÄSE-TÜRMCHEN
MIT KARAMELLISIERTER BIRNE

FÜR 2 PORTIONEN

FÜR DAS THYMIAN-MIRABELLEN-KOMPOTT

500 g Mirabellen
500 g Gelierzucker 1:1
Saft von ½ Zitrone
1 Tropfen Orangenaroma (nach Belieben)
2 EL frische Thymianblätter zzgl. etwas
für die Dekoration

FÜR DIE BIRNENSCHEIBEN

1 kleine Birne
etwas Zitronensaft
4 Ziegenkäsetaler
2 EL Thymian-Mirabellen-Kompott
Zucker zum Bestreuen

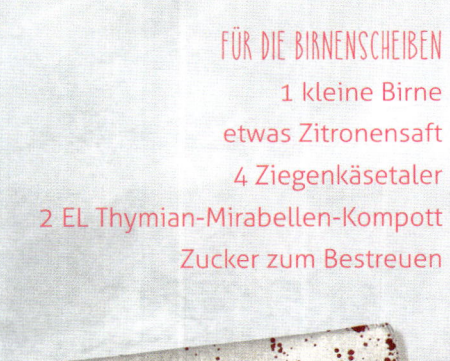

TIPP Kompott und Birnen lassen sich wunderbar vorbereiten. Wer wenig Zeit hat, kann natürlich auch ein gekauftes Kompott verwenden.

Die Mirabellen waschen, halbieren und entsteinen. Mit Gelierzucker gut vermischen und für ca. 4 Stunden ziehen lassen. Das Ganze unter Rühren zum Kochen bringen. Zitronensaft, Orangenaroma, falls verwendet, und Thymian dazugeben. Sobald sich der Zucker aufgelöst hat, von der Herdplatte ziehen und das Mirabellenkompott in sterilisierte Gläser füllen und auskühlen lassen.

Den Backofen auf 100 °C vorheizen. Ein Backblech mit Backpapier auslegen.

Die Birne waschen, entkernen und der Länge nach in hauchdünne Scheiben schneiden. Die Birnenscheiben auf das vorbereitete Backblech legen und mit etwas Zitronensaft beträufeln. Auf der mittleren Schiene für 4–5 Stunden trocknen lassen. Einen Holzlöffel in die Ofentür klemmen. Kurz vor Schluss mit Zucker bestreuen und karamellisieren lassen.

Die Ofentemperatur auf 150 °C erhöhen und ein Backblech mit Backpapier auslegen.

Mit einem kleinen Löffel aus den Ziegenkäsetalern etwas Käse herauslöffeln. Die Taler mit Thymian-Mirabellen-Kompott auffüllen und einen zweiten Taler aufsetzen. Auf das vorbereitete Backblech setzen und für einige Minuten erwärmen.

Die Ziegenkäse-Türmchen auf einem Teller anrichten, mit einer Birnenscheibe und frischem Thymian dekorieren.

SÜSSKARTOFFEL-
CHIPS

Knackig, knusprig, süß und salzig ist diese leckere Krimiknabberei. Super einfach, gesund und schnell gemacht.

FÜR 2 PORTIONEN

2 große Süßkartoffeln
Maldon Meersalz

Den Ofen auf 200 °C vorheizen. Ein Backblech mit Backpapier auslegen.

Die Kartoffeln gründlich waschen und mit einem Sparschäler oder scharfen Messer Scheiben so dünn wie möglich schneiden. Je feiner, desto besser.

Die rohen Kartoffelchips auf das vorbereitete Backblech legen. Mit Meersalz bestreuen und für 10–15 Minuten auf mittlerer Schiene backen.

TIPP

Wer mag, kann die Chips auch mit einer Kräutermischung aus Rosmarin, Thymian oder Ingwerpulver bestreuen. Dazu vorher die rohen Chips mit Olivenöl bepinseln.

KARTOFFELCHIPS
MIT OLIVENÖL, MEERSALZ UND KRÄUTERN

Der Krimiabend steht bevor und es sind keine Chips im Haus? Kein Problem! Diese kleine Knabberei ist schnell zubereitet und lockt sicher den einen oder anderer Genusstäter an.

Den Ofen auf 200 °C vorheizen. Ein Backblech mit Backpapier auslegen.

Die lila Trüffel-Kartoffel waschen und mit der Schale in dünne Scheiben schneiden oder hobeln. Mit Ingwer und Meersalz bestreuen. Die restlichen Kartoffeln waschen, schälen und in dünne Scheiben schneiden. Die Süßkartoffel mit etwas Meersalz und die restliche Kartoffel mit Rosmarin und Meersalz bestreuen.

Getrennt voneinander auf dem Backblech verteilen und mit ein wenig Olivenöl beträufeln. Für 10–15 Minuten backen, bis sie kross sind.

FÜR 2 PORTIONEN

5 kleine lila Trüffel-Kartoffeln
gemahlener Ingwer
1 kleine Süßkartoffel
1 große Kartoffel (Sorte: Linda)
gemahlener Rosmarin
Maldon Meersalz
Olivenöl zum Braten

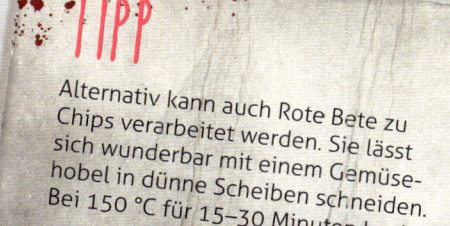

TIPP

Alternativ kann auch Rote Bete zu Chips verarbeitet werden. Sie lässt sich wunderbar mit einem Gemüse-hobel in dünne Scheiben schneiden. Bei 150 °C für 15–30 Minuten backen.

LACHSRÖLLCHEN
MIT FRISCHKÄSE UND KRÄUTERN

Dieser Snack hinterlässt absolut keine Spuren! Verschwindet quasi spurlos und wird nie wieder gesehen. Raffiniert und sehr lecker.

FÜR CA. 20 LACHSRÖLLCHEN

1 Bund Schnittlauch
2 Frühlingszwiebeln
1 EL frischer Bubikopf-Basilikum
80 g Ricotta
25 g Sahne
1 EL frischer Limettensaft
200 g geräucherter Lachs
2 TL Frischkäse
Maldon Meersalz
Pfeffer

Schnittlauch, Frühlingszwiebeln und Basilikum waschen. Etwas Schnittlauch und einige Frühlingszwiebeln beiseitelegen. Den restlichen Schnittlauch und die Frühlingszwiebeln in kleine Röllchen schneiden, Basilikum klein hacken.

Ricotta, Sahne und Limettensaft miteinander vermengen und zu einer cremigen Konsistenz verrühren. Mit Salz und Pfeffer abschmecken. Schnittlauch- und Frühlingszwiebelröllchen unter die Creme mischen und verrühren.

Die Lachsscheiben nebeneinander auf die Arbeitsfläche legen und mit Frischkäse bestreichen. Vorsichtig den Lachs aufrollen. Die gefüllten Lachsscheiben zu kleinen Portionen schneiden und mit dem beiseitegelegten Basilikum und Schnittlauch bestreuen. Mit Klarsichtfolie abdecken und in den Kühlschrank stellen.

TIPP
Die Kräuter lassen sich auch gegen Dill und Petersilie austauschen oder ergänzen.

ZUCCHINI-
TALER

Dieser Krimi-Snack wird schneller wiederholt als der Krimi im Fernsehen. So gesund, so saftig und so lecker.

Die Zucchini waschen, trocknen, die Enden abschneiden und fein reiben. Den Knoblauch schälen und fein hacken. Die Eier verquirlen. 1 TL Honigsenf, Mehl und Joghurt in einer Schüssel miteinander vermengen. Etwas Parmesan beiseitelegen und den Rest zur Joghurt-Mehl-Mischung dazugeben. Mit Cayennepfeffer, restlichem Honigsenf, Meersalz und Pfeffer abschmecken.

Eine Pfanne mit dem Olivenöl erhitzen. Die Zucchini-Gewürz-Mischung zu kleinen Talern formen und knusprig goldbraun braten. Die Zucchini-Taler mit dem beiseitegelegten Parmesan bestreuen und mit etwas Joghurt servieren.

FÜR CA. 16 TALER

2 mittelgroße Zucchini
2 Knoblauchzehen
2 Eier
2 TL Honigsenf
40 g Mehl
200 g griechischer Joghurt
50 g Parmesan, frisch gehobelt
1 Prise Cayennepfeffer
Maldon Meersalz
Pfeffer
2–3 EL Olivenöl zum Anbraten

TIPP

Alternativ können auch eine geriebene Karotte oder Süßkartoffel untergemischt werden.

ROTE-LINSEN-PATTIES MIT ZITRONENCREME

Ein ganz wunderbar gesunder und bunter Snack für einen genussvollen Ermittlungsabend. Man muss nur aufpassen, dass die Patties nicht zum Hauptdarsteller werden und man sich kulinarisch abgelenkt auf die falsche Spur führen lässt.

FÜR 6 PATTIES

FÜR DIE LINSEN-PATTIES

150 g rote Linsen
1 kleine Zwiebel
10–15 kernlose schwarze Oliven
1 Ei
1 Bund Petersilie
100 g Paniermehl
Maldon Meersalz
Pfeffer
Olivenöl zum Braten

Die Linsen nach Packungsanleitung al dente kochen und gut abtropfen lassen. Die Zwiebel schälen und fein würfeln. Die Oliven in Scheiben schneiden, das Ei verquirlen und die Petersilie klein hacken. In einer Schüssel alle Zutaten miteinander vermengen und mit Salz und Pfeffer abschmecken.

Aus der Masse kleine, flache Küchlein formen. Eine Pfanne mit etwas Olivenöl erhitzen und die Linsen-Patties für 2 Minuten scharf anbraten. Wenden, den Pfannendeckel auflegen und weitere 2 Minuten braten lassen, bis die Patties außen knusprig und innen noch weich sind.

FÜR DIE ZITRONENCREME

100 g Crème fraîche
2 EL frischer Zitronensaft

Für die Zitronencreme die Crème fraîche mit etwas Zitronensaft verrühren. Die Patties auf einem Teller anrichten und mit etwas Zitronencreme servieren.

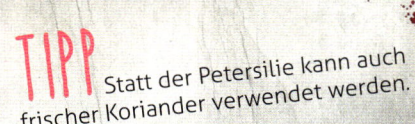

TIPP
Statt der Petersilie kann auch frischer Koriander verwendet werden.

GERÖSTETE KICHERERBSEN

Ein gesunder Snack zum Krimiabend. Fängt man einmal an zu knabbern, wird man schnell zum Wiederholungstäter!

Den Ofen auf 200 °C vorheizen. Ein Backblech mit Backpapier auslegen.

Die Kichererbsen in einem Sieb abtropfen lassen und mit kaltem Wasser abspülen. In einer großen Schüssel ein doppeltes Küchenkrepp legen und die Erbsen einfüllen. Die Schüssel mehrfach hin und her schütteln. Das Küchenkrepp zwei- bis dreimal erneuern, bis die Erbsen vollständig getrocknet sind. Die losen Schalen und das Papier entfernen.

Das Olivenöl und die Gewürze nach Geschmack hinzufügen und alles miteinander vermengen. Die gewürzten Kichererbsen auf das vorbereitete Backblech geben und für 30–40 Minuten backen. In eine Schüssel umfüllen und lauwarm oder kalt genießen.

FÜR 1 GROSSE SCHALE

400 g gekochte Kichererbsen
Olivenöl extra vergine (nach Belieben)
Piment (nach Belieben)
Chilipulver (nach Belieben)
Knoblauchpulver (nach Belieben)
Maldon Meersalz
Pfeffer

TIPP

Vor dem Backen mit Honig beträufeln, dann schmecken die Kichererbsen besonders knusprig.

MINI-RICOTTA-GORGONZOLA-
MUFFINS

Hände hoch! Hier wird doppelt geschossen und zwar mit Käse.

FÜR 6 MUFFINS

250 g Mürbeteig (aus dem Kühlregal)
140 g Ricotta
1 Ei
1 Bund Schnittlauch
60 g Gorgonzola
6 bunte Kirschtomaten
Maldon Meersalz
schwarzer Pfeffer
Olivenöl zum Einfetten

6er-Muffinform

Den Ofen auf 200 °C vorheizen. Eine 6er-Muffinform leicht mit Olivenöl bestreichen.

Den Mürbeteig ausrollen und mit einem runden Ausstecher oder einem Glas Kreise von 8 cm Ø ausstechen. Den Teig vorsichtig in die Muffinform legen und leicht nach unten drücken.

Ricotta, Ei, 2 gehäufte EL fein geschnittener Schnittlauch, ein wenig Salz und Pfeffer mit einem Schneebesen zu einer Creme verrühren. Die Hälfte des Gorgonzolas klein schneiden und unter die Creme heben. Den restlichen Gorgonzola mittig auf den Teig geben und mit der Ricotta-Ei-Creme auffüllen.

Die Kirschtomaten halbieren und je zwei Hälften auf die Füllung setzen. Für 10–15 Minuten backen, bis die Muffins knusprig und goldbraun sind. Mit dem restlichen Schnittlauch garnieren und servieren.

TIPP
Die Muffins schmecken mit vielen Gemüsesorten und anderen Kräutern nach Belieben auch sehr lecker.

Unter Verschluss

GEGRILLTE
MINI-SANDWICHES
MIT DIP

Eine gefährlich-leckere Krimiknabberei, die schnell verschwindet – ohne Spuren zu hinterlassen.

FÜR 2 PORTIONEN

4 Scheiben Weißbrot oder Toast
4 Scheiben Greyerzer
4 Scheiben Fontina
Butter zum Bestreichen
Olivenöl

FÜR DEN DIP

10 Kirschtomaten
1 TL italienische Kräuter
1 Prise Zucker
100 g Sauerrahm
Maldon Meersalz
Pfeffer
frisches Basilikum zum Verzieren

TIPP

Statt des Greyerzer- und Fontina-Käses kann auch ein anderer gut schmelzender Käse verwendet werden.

Den Ofen auf 180 °C Grillfunktion vorheizen.

Die Kanten von den Brotscheiben abschneiden. Die Scheiben mit Butter bestreichen. Die würzigen Käsescheiben passend zurechtschneiden und im Wechsel auf das Weißbrot legen. Eine zweite Brotscheibe auf den Käse legen.

Alle Brote mit etwas Olivenöl beträufeln und auf ein mit Backpapier belegtes Backblech legen. Für ca. 10 Minuten grillen. Sobald die Oberseite goldbraun ist, die Sandwiches mit einem Pfannenheber wenden.

Für den Dip die Tomaten kalt abspülen, vom Strunk befreien und gemeinsam mit den Kräutern und dem Zucker pürieren. Den Sauerrahm unterheben, mit Salz und Pfeffer abschmecken und mit frischem Basilikum verzieren. Die fertigen Sandwiches in Streifen schneiden und mit dem Dip servieren.

PAMBOLI

Eine köstliche mallorquinische Knabberei! Serviert mit einem kühlen Cerveza macht die gemeinsame Tätersuche doppelt Spaß.

Das Landbrot in etwas dickere Scheiben schneiden und knusprig braun toasten. Die Knoblauchzehen schälen und die Tomaten halbieren.

Olivenöl auf das noch heiße Toast geben, je eine halbe Knoblauchzehe und eine halbe Tomate auf einer Brotscheibe verreiben. Salzen und pfeffern. Mit Serrano-Schinken belegen und mit etwas frischer Kresse garnieren.

FÜR 2 PORTIONEN

4 Scheiben Landbrot
4 frische Knoblauchzehen
2 große Tomaten
Olivenöl
8 Scheiben Serrano-Schinken
Maldon Meersalz
Pfeffer
frische Kresse zum Garnieren

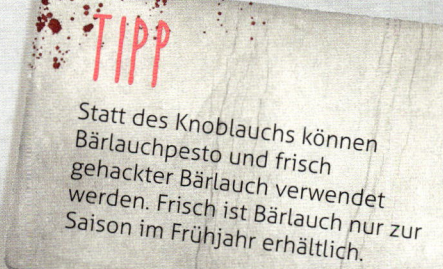

TIPP

Statt des Knoblauchs können Bärlauchpesto und frisch gehackter Bärlauch verwendet werden. Frisch ist Bärlauch nur zur Saison im Frühjahr erhältlich.

MINI-SALAMI-TORTILLA-
PIZZA

Selbstgemacht ist es doch immer noch am leckersten. Diese kleinen Mini-Pizzen stehen pünktlich zum Krimibeginn auf dem Tisch, da kommt selbst der Lieferservice nicht hinterher.

FÜR 12 MINI-PIZZEN

2 Tortilla-Wraps
12 TL würzige Tomatensauce
70 g Ricotta
2 große Mozzarellakugeln
4–5 Mini-Salami
Maldon Meersalz
Pfeffer
frischer Bubikopf-Basilikum
zum Verzieren
Fett für die Form

12er-Muffinform

Den Ofen auf 200 °C vorheizen. Eine 12er-Muffinform gut einfetten.

Mit einem runden Ausstecher Kreise von 5 cm Ø aus den Tortilla-Wraps stechen und in die Muffinform legen. Je 1 TL Tomatensauce auf die Wraps geben und verstreichen. Je 1 TL Ricotta auf die Mitte geben. Die Mozzarellakugeln in feine Streifen schneiden und obenauf legen. Die Mini-Salami in kleine Scheiben schneiden und jede Pizza mit fünf kleinen Salamischeiben belegen. Mit Salz und Pfeffer würzen. Für 8–10 Minuten backen.

Vorsichtig aus der Form nehmen, auf einem Teller anrichten und mit frischem Basilikum bestreuen.

TIPP

Vegetarisch schmeckt die Pizza auch sehr lecker, dazu einfach die Salamischeiben weglassen.

BÄRLAUCH- MUFFINS

Für den etwas größeren Appetit sind diese herzhaften Verführer genau das Richtige. Flott zubereitet und serviert mit einem kühlen Bier, sind sie der perfekte Krimibegleiter.

Den Bärlauch waschen, mit einem Küchenpapier trocken tupfen und klein schneiden. Pinienkerne ohne Fett rösten. Aus der Pfanne nehmen und abkühlen lassen.

Backofen auf 180 °C vorheizen. Eine Muffinform mit etwas Butter fetten oder alternativ Papierförmchen verwenden.

Die Butter in einem Topf zerlassen. Mit einem Schneebesen zerlassene Butter, Milch und Eier miteinander verquirlen. In einer zweiten Rührschüssel Mehl, Backpulver, Zucker, Salz, Macis und etwas Pfeffer vermischen. Die Mehlmischung über die flüssigen Zutaten geben und kurz rühren, bis sich alles verbunden hat.

Ricotta, Pinienkerne und Bärlauch vorsichtig unterheben und auf die Muffinform verteilen. Für ca. 20 Minuten backen, Stäbchenprobe machen. Die Bärlauch-Muffins in der Form auskühlen lassen.

FÜR 12 STÜCK

150 g frischer Bärlauch
3 EL Pinienkerne
55 g Butter zzgl. etwas zum Einfetten
200 ml Milch
2 Eier
280 g Mehl
2 geh. TL Backpulver
1 EL Zucker
1 TL Maldon Meersalz
½ TL Macis
250 g cremiger Ricotta
Pfeffer

12er-Muffinform oder Papierförmchen

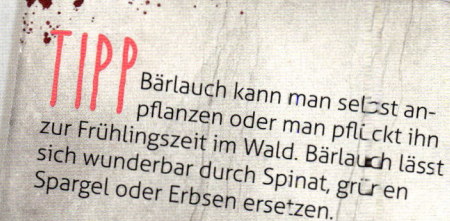

TIPP Bärlauch kann man selbst anpflanzen oder man pflückt ihn zur Frühlingszeit im Wald. Bärlauch lässt sich wunderbar durch Spinat, grünen Spargel oder Erbsen ersetzen.

KNUSPRIGE TRÜFFEL-TORTELLINI

Fingerfood vom feinsten. Eine Krimiknabberei, die jeden verführt und superschnell zubereitet ist.

FÜR CA. 30 TRÜFFEL-TORTELLINI

350 g frische Trüffel-Tortellini (aus der Kühltheke)
2 Eier
150 g Mehl
150 g Panko (oder Paniermehl)
50 g Parmesan, frisch gerieben
Maldon Meersalz
Pfeffer

Den Backofen auf 200 °C vorheizen. Ein Backblech mit Backpapier auslegen.

Die Tortellini nach Packungsanleitung kochen und gut abtropfen lassen. Die Eier in einem tiefen Teller verquirlen. Einen zweiten Teller mit dem Mehl und einen weiteren mit dem Panko füllen. Die Panade nach Belieben mit Meersalz und Pfeffer würzen. Die fertigen Tortellini zuerst in Mehl tunken, dann in der Eimasse wenden und zum Schluss in der Panade wälzen.

Die Tortellini auf das vorbereitete Blech legen und für 10–15 Minuten knusprig backen. Den frischen Parmesan sofort über die noch heißen Trüffel-Tortellini streuen und lauwarm genießen.

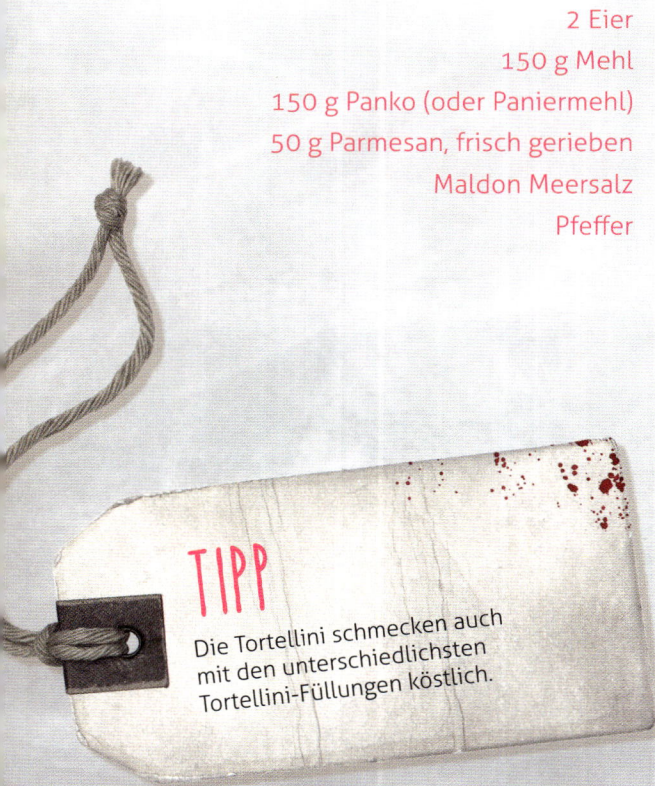

TIPP

Die Tortellini schmecken auch mit den unterschiedlichsten Tortellini-Füllungen köstlich.

BUTTERMILCH- HÄHNCHEN MIT HONIGSENF

Eine knusprige Krimiknabberei, die so schnell verputzt ist, dass kein Dieb auch nur den Hauch einer Chance hätte, sie zu mopsen.

Das Hähnchenbrustfilet in kleine Stücke schneiden und mit 1 TL Meersalz bestreuen. In ein verschließbares Behältnis geben und mit der Buttermilch bedecken. Für mindestens 4 Stunden in den Kühlschrank stellen. In einem Sieb abtropfen lassen.

In einen verschließbaren Beutel mittlerer Größe 2 TL Meersalz, Mehl, Backpulver, Cayennepfeffer, Knoblauch, Kurkuma, Hafencurry und Pfeffer für die Gewürzmischung geben und gut vermengen.

Das Rapsöl in einem Topf erhitzen. Das Hähnchenbrustfilet nach und nach in die Gewürztüte füllen. Die einzelnen Stücke mit einer Küchenzange entnehmen und überschüssiges Mehl abklopfen. Das Hähnchen vorsichtig ins heiße Fett geben und ausbacken. Das Filet sollte goldbraun und knusprig sein.

Einen Teller mit doppeltem Küchenpapier auslegen. Die fertigen Buttermilch-Hähnchen mit einer Schöpfkelle aus dem Öl holen und auf dem Papier abtropfen lassen. Heiß, lauwarm und kalt schmecken sie in Honigsenf gedippt einfach köstlich.

FÜR 2–3 PORTIONEN

400 g Hähnchenbrustfilet
3 TL Maldon Meersalz
200 ml Buttermilch
80 g Mehl
1 ½ TL Backpulver
2 TL Cayennepfeffer
2 TL gerösteter Knoblauch
1 TL Kurkuma
2 TL Hamburger Hafencurry (von Ankerkraut)
Pfeffer
Rapsöl zum Ausbacken
Honigsenf zum Dippen

KNUSPRIGE MAFIA–
ZWIEBELRINGE

Dieser Snack begleitete mich bei der US-amerikanischen Serie „Die Sopranos". Da hat man solidarisch mit geknabbert und fühlte sich wie Al Capone.

FÜR 2 PORTIONEN

3–5 mittelgroße süße Zwiebeln
250 ml Buttermilch
50 g Maismehl
50 g Paniermehl
150 g Panko
Paprikapulver
1 EL gerösteter Knoblauch
1 Eiweiß
Maldon Meersalz
Pfeffer

Am Vortag die Zwiebeln schälen, in Ringe schneiden, in eine große Auflaufform legen. Mit der Buttermilch übergießen, aber nicht komplett bedecken. Mit Klarsichtfolie abdecken und über Nacht im Kühlschrank ziehen lassen.

Der Backofen auf 200 °C vorheizen. Ein Backblech mit Backpapier auslegen.

Aus Maismehl, Paniermehl und Panko eine Panade mischen und mit Paprikapulver, geröstetem Knoblauch, Meersalz und Pfeffer würzen. Das Eiweiß in eine Schüssel geben und verquirlen. Jeden Zwiebelring aus der Buttermilch nehmen, kurz in das Eiweiß tauchen und anschließend in der Panade wälzen.

Die Zwiebelringe auf das vorbereitete Blech legen und für 15–30 Minuten backen, bis sie goldbraun und knusprig sind.

THYMIAN-KAROTTEN-
POMMES

Ein Unterhaltungs-Snack der besonderen Art, bei dem jeder zum kompromisslosen Täter wird.

Den Ofen auf 200 °C vorheizen. Ein Backblech mit Backpapier auslegen.

Die Karotten vom Grün befreien und die Enden abschneiden. Mit kaltem Wasser abspülen, schälen und in Streifen schneiden. Nicht zu dünn, damit die Streifen nicht verbrennen.

Die Karotten-Pommes in eine Schüssel geben und mit Olivenöl beträufeln. Die Gewürze nach Geschmack hinzufügen und gut miteinander vermengen.

Die Karotten nebeneinander auf dem vorbereiteten Backblech verteilen und für 20–30 Minuten backen, bis sie leicht gebräunt, knusprig und al dente sind. Nach der Hälfte der Backzeit die Karotten wenden. Mit frischen Thymianblättern und Meersalz bestreuen.

FÜR 2–3 PORTIONEN

1 Bund gelbe Karotten
2–3 EL natives Olivenöl Extra
Mango-Ingwer-Gewürzpulver
5 frische Thymianzweige
Maldon Meersalz
Pfeffer

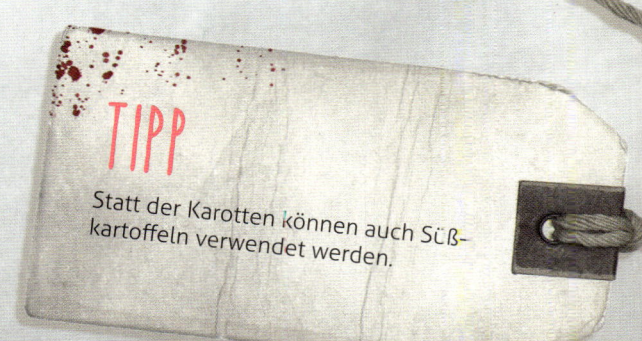

TIPP

Statt der Karotten können auch Süß-kartoffeln verwendet werden.

MINI-BURGER

FÜR CA. 24 MINI-BURGER

FÜR DIE BUNS

100 ml Milch	1 EL Zucker
30 g Butter	1 TL Maldon Meersalz
250 g Mehl	2 Eier
4 g Trockenhefe	2 EL Sesam

FÜR DIE BURGER

500 g Rinderhack	1 Knoblauchzehe, gepresst
1 Ei	1 Prise Curry
4 EL Paniermehl oder Semmelbrösel	Maldon Meersalz
2 TL gerösteter Knoblauch	Pfeffer
	Olivenöl zum Braten

FÜR DEN BELAG

1 kleiner Rucolasalat	1 Knoblauchzehe, fein gehackt
10 Kirschtomaten	2–3 Scheiben Gouda
2–4 Perlzwiebeln	Olivenöl zum Braten
250 g Crème fraîche	Maldon Meersalz
etwas frischer Zitronensaft	Pfeffer

Für die Buns Milch, Butter und 50 ml Wasser erwärmen. In einer Schüssel 150 g Mehl, Hefe, Zucker, Salz und ein Ei vermengen. Die Buttermischung dazugeben und mit dem Knethaken eines Handmixers verrühren. Nach und nach das restliche Mehl zufügen und zu einem geschmeidigen Teig kneten. Abgedeckt ruhen lassen, bis sich der Teig verdoppelt hat.

Den Ofen auf 200 °C vorheizen. Ein Backblech mit Backpapier auslegen. Mit bemehlten Händen aus dem Teig kleine Kugeln formen und auf das Backblech legen. Das zweite Ei verquirlen, die Teiglinge damit bestreichen und mit Sesam bestreuen. Abgedeckt für 20 Minuten gehen lassen. Dann ca. 15 Minuten goldbraun backen. Die Buns halbieren.

Für den Burger Rinderhack, Ei, Paniermehl, gerösteten und gepressten Knoblauch, Curry, Meersalz und Pfeffer vermengen und zu kleinen Mini-Frikadellen formen. Eine Pfanne mit Olivenöl erhitzen. Die Frikadellen von allen Seiten scharf anbraten, bis sie außen knusprig und innen saftig sind.

Für den Belag den Rucolasalat waschen und trocken tupfen. Tomaten waschen, Zwiebeln schälen und beides in feine Scheiben schneiden. Zwiebeln in etwas Olivenöl kurz andünsten. Crème fraîche mit Salz und Pfeffer aufschlagen, mit Zitronensaft und fein gehacktem Knoblauch abschmecken.

Auf die Bun-Unterseite etwas Crème fraîche geben. Einen Mini-Burger mit den Tomaten- und Zwiebelscheiben dekorieren, salzen und pfeffern. Eine Goudascheibe und etwas Rucola darauf platzieren. Die Bun-Oberseite aufsetzen.

TERIYAKI–
FLEISCHBÄLLCHEN

Dieser Krimi-Snack ist so grandios lecker, dass man sich wünscht, man wäre allein zu Hause!

Das Rinderhack mit dem Ei in einer Schüssel vermengen. Die Frühlingszwiebeln waschen, in Röllchen schneiden und einige für die Deko aufbewahren.

Frühlingszwiebeln und Knoblauch unter das Hack geben und gut vermengen. Salzen und pfeffern. 2 EL Teriyaki-Sauce untermischen. Wer mag, kann etwas Paniermehl dazugeben. Kleine Kugeln mit den Händen formen.

Eine Pfanne mit Olivenöl erhitzen. Die Fleischbällchen nacheinander von allen Seiten scharf anbraten. Mit zwei Esslöffeln wenden, damit sie nicht zerfallen. Die Fleischbällchen zugedeckt bei kleiner Hitze gar ziehen lassen.

Auf einem Teller anrichten und mit der restlichen Teriyaki-Sauce übergießen. Die beiseitegelegten Frühlingszwiebeln zusammen mit dem Sesam über die Fleischbällchen streuen.

FÜR CA. 25 FLEISCHBÄLLCHEN

600 g Rinderhack
1 Ei
6 kleine Frühlingszwiebeln
1 TL gerösteter Knoblauch
4 EL Teriyaki-Sauce
Paniermehl (nach Belieben)
3 TL goldgelber Sesam
(nach Belieben auch weißer oder schwarzer Sesam)
Maldon Meersalz
schwarzer Pfeffer
2–4 EL Olivenöl zum Braten

TIPP

Diese kleinen Hackbällchen machen süchtig und schmecken warm wie kalt einfach göttlich. Sie lassen sich einfach vorbereiten und am nächsten Tag als Snack auch mit zur Arbeit nehmen.

KNUSPRIGE EDAMAME
MIT PARMESAN

Diese kleine, grüne Krimiknabberei knuspert sich in jedes Ermittlerherz und wird zum ständigen Begleiter – einfach, lecker und gesund.

FÜR 2 PORTIONEN

500 g TK-Edamame
2 EL Olivenöl
20 g weißer Sesam
125 g Parmesan, frisch gerieben
Maldon Meersalz
Pfeffer

Den Ofen auf 200 °C vorheizen.

Die Edamamebohnen in einem Sieb auftauen lassen. Eine Rührschüssel mit einem Küchenpapier auslegen und die Bohnen mehrfach darin schwenken. Das Küchenpapier zwischendurch wechseln.

Ein Backblech mit Backpapier auslegen und die Bohnen darauf verteilen. Vorsichtig mit Olivenöl besprenkeln, salzen und pfeffern. Für 15–20 Minuten backen. Aufpassen, dass sie nicht braun werden.

Die fertigen Edamame in eine Schüssel geben, mit dem Sesam und dem Parmesan bestreuen. Mehrfach schütteln, damit sich der Käse gut verteilt.

SÜSSKARTOFFEL–PARMESAN–TÜRMCHEN MIT THYMIAN

Ein kriminalistischer Snack der Extraklasse. Für jede Spürnase eine willkommene Ermittlungspause.

Den Backofen auf 200 °C vorheizen. Ein Backblech mit Backpapier auslegen.

Die Süßkartoffel waschen, schälen und in dünne Scheiben schneiden. Jede Scheibe mit etwas Olivenöl bepinseln, mit Parmesan und Thymian belegen. Die Kartoffelscheiben der Größe nach schichten. Zwischendurch salzen und pfeffern. Für ca. 20 Minuten backen. Falls der Käse verläuft und die Türmchen kippen, mit einer Gabel wieder richten.

Nach der Garzeit die Türmchen mit einem Pfannenheber auf einen Teller setzen und servieren.

FÜR CA. 4 TÜRMCHEN

1 große Süßkartoffel
Olivenöl
100 g Parmesan, frisch gehobelt
1 EL frischer Thymian
Maldon Meersalz
Pfeffer

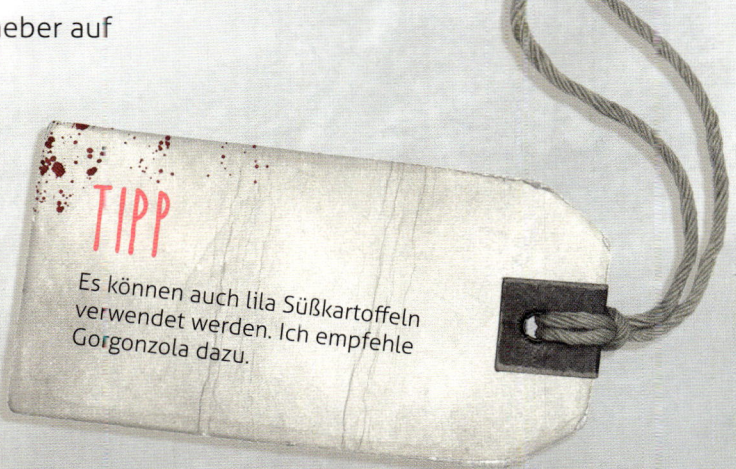

TIPP

Es können auch lila Süßkartoffeln verwendet werden. Ich empfehle Gorgonzola dazu.

FLEUR-DE-SEL-
CRACKER

Wenn der kleine Krimihunger kommt, sind diese salzigen Cracker genau das Richtige. Sie lassen sich wunderbar vorbereiten und sind pünktlich um 20:15 Uhr zur Stelle, wenn es heißt: Lupe, Spurensuche und Kriminalistik.

FÜR CA. 40 KLEINE CRACKER

225 g Mehl
1 TL Fleur de Sel zzgl. etwas zum Bestreuen
60 g kalte Butter
110 ml Milch

Den Ofen auf 220 °C vorheizen. Ein Backblech mit Backpapier auslegen.

Das Mehl sieben und mit dem Meersalz vermengen. Die Butter in kleine Stückchen teilen und zusammen mit der Milch in eine Schüssel geben. Zu einem glatten Teig verkneten. Den Teig auf einer bemehlten Arbeitsfläche sehr dünn ausrollen. Mit einem runden Keksausstecher oder einem Teigrädchen ca. 40 kleine Teigkreise oder Vierecke ausstechen.

Die Cracker auf das Backblech legen. Mit einer Gabel mehrfach einstechen und mit etwas Wasser bepinseln. Nach Belieben mit Meersalz bestreuen und für 5–10 Minuten auf der mittleren Schiene backen. Danach auf einem Gitter auskühlen lassen.

TIPP
Wer keine runden Keksausstecher besitzt, kann ein Glas benutzen, um die Kreise auszustechen. Die Cracker schmecken auch sehr köstlich mit Rosmarin oder Thymian.

AVOCADO
IM SPECKMANTEL

Dieser Snack ist ein perfekter Begleiter für die Spurensuche und stärkt ungemein für anstehende Verhaftungen und Mordermittlungen.

FÜR 4 PORTIONEN
64 Pinienkerne
2 reife Avocados
Saft von ½ Zitrone
16 Scheiben Frühstücksbacon
Olivenöl
Maldon Meersalz
Pfeffer

Den Ofen auf 200 °C vorheizen. Ein Backblech mit Backpapier auslegen.

In einer kleinen Pfanne die Pinienkerne ohne Fett anrösten. Die Avocados längs halbieren und entkernen. Das Fruchtfleisch mit einem Esslöffel herausschälen. In 16 gleich große Viertel schneiden und mit Zitronensaft beträufeln.

Je ein Avocado-Viertel auf eine Baconscheibe legen und mit vier Pinienkernen belegen. Mit etwas Olivenöl beträufeln, pfeffern und wenig salzen.

Den Bacon mit der Avocado einwickeln und auf das Backblech legen. Für 15–20 Minuten backen. Wer mag, würzt noch mit etwas Meersalz und genießt die Avocado im Speckmantel lauwarm.

TIPP
Statt der Pinienkerne können auch Walnusskerne verwendet werden.

SERRANO-SCHINKEN-
CHIPS

Der wohl schnellste Snack für den Krimiabend. Geschwindigkeit kann manchmal Leben retten – und in diesem Fall die Vorfreude auf Spannung und Appetit!

Backofen auf 170 °C vorheizen. Ein Backblech mit Backpapier auslegen.

Den Serrano-Schinken in kleine Stücke schneiden, bzw. pflücken und auf das vorbereitete Blech legen. Für 3–7 Minuten backen.

FÜR 2 PORTIONEN

200 g Serrano-Schinken

TIPP

Kanten-Schinkenreste eignen sich auch hervorragend.

DATTELN IM SPECKMANTEL MIT PINIENKERNEN

Diese kleine Krimiknabberei verführt schon mal zum Diebstahl. Man sollte sie nicht aus der Augen lassen, alle Türen verschließen und zur Sicherheit noch ein großes Vorhängeschloss am Ofen anbringen.

Den Backofen auf 200 °C vorheizen. Ein Backblech mit Backpapier auslegen.

Die Datteln entkernen und mit je fünf Pinienkernen füllen. Bacon auf das Backpapier legen. Die Datteln auf den Bacon legen und einrollen. Mit einem Holzspieß befestigen und auf das Backblech legen.

Für ca. 15 Minuten backen. Die Datteln sollen knusprig und braun sein.

FÜR 2–3 PORTIONEN

20 große unbehandelte Medjool-Datteln
50 g Pinienkerne
20 Scheiben Frühstücksbacon

kleine Holzspieße

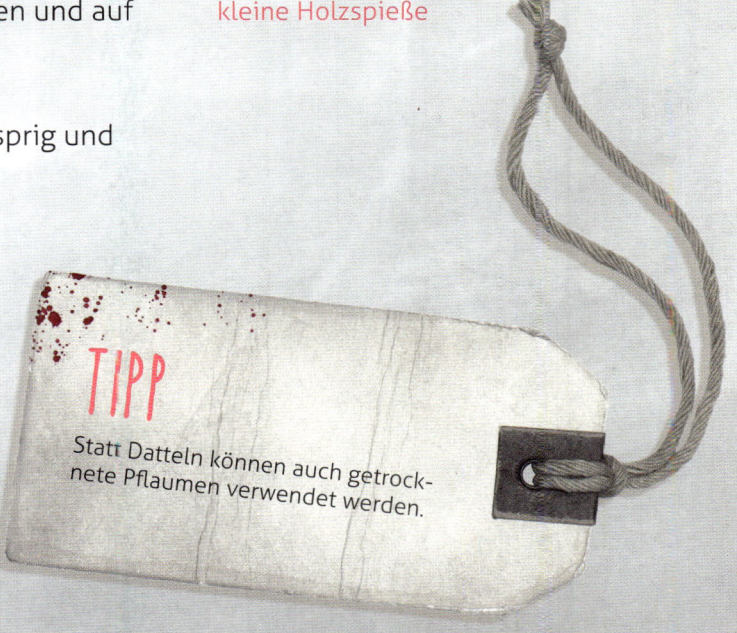

TIPP

Statt Datteln können auch getrocknete Pflaumen verwendet werden.

VEGETARISCHE
FRÜHLINGSROLLEN
MIT KORIANDER-DIP

FÜR 2 PORTIONEN
FÜR DIE FRÜHLINGSROLLEN

1 reife Avocado
Saft von ½ Limette
5 Kirschtomaten
2 Frühlingszwiebeln
frischer Koriander (nach Belieben)
125 g Frühlingsrollen-Teig

FÜR DEN KORIANDER-DIP

200 g Schmand
200 g Joghurt
1 frische Knoblauchzehe
2 Frühlingszwiebeln
10–15 frische Korianderblätter
Saft von ½ Limette
Maldon Meersalz
Pfeffer

TIPP Der Dip schmeckt auch hervorragend zu den Zwiebelringen (s. S. 83) und hält sich gut verschlossen einige Tage im Kühlschrank.

Für die Frühlingsrollen die Avocado halbieren, entkernen und das Fruchtfleisch vorsichtig mit einer Gabel zerkleinern. Es sollten noch kleine Stücke sichtbar sein. Mit Limettensaft beträufeln. Tomaten vom Strunk befreien und in kleine Stücke schneiden. Frühlingszwiebeln waschen, in Röllchen schneiden und hinzufügen. Je nach Geschmack einige Korianderblätter klein hacken und mit der Avocadocreme verrühren. Salzen und pfeffern.

Den Frühlingsrollen-Teig nach Packungsanleitung vorbereiten. Mit ca. 1 EL Avocadocreme bestreichen. Nach Packungsanleitung verschließen. Im Ofen bei 200 °C für 6–8 Minuten backen, in Öl frittieren oder in einer Pfanne braten.

Für den Dip Schmand und Joghurt vermengen. Den Knoblauch schälen, pressen und hinzufügen. Die Frühlingszwiebeln waschen und mit den Korianderblättern klein schneiden. Zu der Creme geben. Limettensaft unter die Creme rühren und mit Meersalz und Pfeffer würzen. Abgedeckt in den Kühlschrank stellen.

HERZHAFTE
MINI-GUGELHUPFE

Wenn der Teller im Nu leer ist, hatte ein Genusstäter seine Finger im Spiel. Da ist auch die Spurensuche zwecklos!

Den Ofen auf 180 °C vorheizen.

Die Butter mit einem Handrührgerät verquirlen. Das Ei dazugeben und zu einer glatten Creme vermengen. Das Mehl mit dem Backpulver vermischen und im Wechsel mit der Milch in drei Schritten zu der Eicreme geben.

Die Zwiebel schälen und klein würfeln. Mit Käse und Schinken hinzufügen und kurz verrühren. Mit Salz, Pfeffer und Rosmarin abschmecken.

Die Masse mit einem Teelöffel in zwei 12er-Mini-Gugelhupf-Silikonformen geben und ca. 15 Minuten backen. Die Mini-Gugelhupfe schmecken lauwarm aus dem Ofen am besten.

FÜR CA. 24 MINI-GUGELHUPFE

60 g weiche Butter

1 Ei

190 g Mehl

½ TL Backpulver

150 ml Milch

20 g Zwiebel

100 g geriebener, würziger Pizzakäse

80 g gewürfelter Schinken

5 g frischer Rosmarin

Maldon Meersalz

Pfeffer

2 12er-Mini-Gugelhupf-Silikonformen

TIPP

Ohne den Schinken ist der Mini-Gugelhupf auch als vegetarischer Snack sehr lecker. Alle Kräuter, die zu Käse und Schinken passen, sind erlaubt

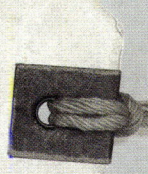

MINI-BAGEL
MIT WALNUSS-BASILIKUM-PESTO

Bei dieser Krimiknabberei wird man flott selbst zum Täter und behält sich das Recht vor, direkt vom Blech schon mal einen Mini-Bagel zu vernaschen – oder auch zwei.

FÜR CA. 24 MINI-BAGEL

500 g Weizenmehl Type 550
8 g Trockenhefe
15 g feinster Zucker
20 g Maldon Meersalz
50 g Zucker
30 g Kürbiskerne zum Bestreuen

FÜR DAS WALNUSS-BASILIKUM-PESTO

1 große, frische Knoblauchzehe
1 Topf Bubikopf-Basilikum oder 1 Bund Basilikum
100 g Walnüsse
50 g Parmesan
70 ml Olivenöl extra vergine
Maldon Meersalz
Pfeffer

Für die Bagel Mehl, Hefe, 15 g Zucker und Meersalz in eine Rührschüssel geben und grob vermengen. 260 ml lauwarmes Wasser hinzufügen. Für ca. 5 Minuten zu einem Teig verkneten. Abgedeckt für ca. 1 Stunde an einem warmen Ort ruhen lassen.

Den Backofen auf 200 °C vorheizen und ein Backblech mit Backpapier belegen. Den Teig in 24 Portionen teilen und jede mit den Händen zu einer Rolle formen. Die Enden jeweils miteinander verbinden.

Für das Pesto die Knoblauchzehe schälen und mit den restlichen Zutaten in einem Blender, Standmixer oder mit dem Mörser zerkleinern.

In einem großen Topf den Zucker mit etwas Wasser aufkochen lassen. Nacheinander die Mini-Bagel in das köchelnde Wasser geben, sie sollten sich im Wasser nicht berühren. Wenn sie fertig sind, schwimmen sie an der Wasseroberfläche. Mit einer Schöpfkelle aus dem Wasser holen und auf das vorbereitete Backblech legen. Sofort mit den Kürbiskernen und etwas Meersalz bestreuen.

Für ca. 15 Minuten backen, bis sie goldbraun sind. Mit dem Pesto servieren.

TIPP Das Pesto schmeckt auch köstlich zu Pasta-Gerichten. Die Kürbiskerne können durch Sonnenblumenkerne, Sesam oder Mohn ausgetauscht werden.

HEFESCHNECKEN
MIT KÄSE UND KRÄUTERN

Den Backofen auf 170 °C vorheizen. Ein Backblech mit Backpapier auslegen.

Den Hefeteig mit dem Papier ausrollen. Die Käsesorten klein schneiden und in eine Schüssel geben. Die Kräuter klein hacken und mit dem Cayennepfeffer zum Käse hinzufügen. Mit Meersalz und Pfeffer würzen.

Die Käsemischung auf dem Hefeteig verteilen und fest aufrollen. Die Rolle auf ein Schneidebrett legen und in ca. 3 cm dicke Scheiben schneiden.

Die Hefeschnecken auf das Backblech setzen und mit etwas Olivenöl bepinseln. Für 15–20 Minuten goldbraun backen. Wer mag, bestreut die Hefeschnecken mit frischen Kräutern.

FÜR CA. 12 HEFESCHNECKEN

1 Pck. Hefeteig (aus dem Kühlregal)
125 g Mozzarella
60 g Gouda
40 g Parmesan
1 EL frischer Rosmarin
1 EL frischer Thymian
1 EL frischer Oregano
1 Prise Cayennepfeffer
Maldon Meersalz
Pfeffer
etwas Olivenöl zum Einfetten

TIPP

Die Hefeschnecken lassen sich wunderbar mit gewürfeltem Speck und gerösteten Walnusskernen verfeinern.

SCHARFE TOAST-MUFFINS

Für den anspruchsvollen Couch-Kommissar darf es auch mal eine besondere Köstlichkeit sein. Die Aromen der Toast-Muffins schärfen die Sinne und die Spurensuche wird zum Hochgenuss.

FÜR 6 STÜCK

6 Scheiben Sandwichtoast
12 Scheiben Frühstücksbacon
6 Eier
Piment
4 kleine frische Knoblauchzehen
6 Gambas
1 EL frischer Zitronenthymian
2 g Chilifäden
Maldon Meersalz
Pfeffer
Olivenöl zum Anbraten zzgl. etwas für die Form
6er-Muffinform

Den Backofen auf 200 °C vorheizen. Ein Backblech mit Backpapier auslegen.

Die Kanten der Toastscheiben abschneiden. Die Scheiben mit einer Teigrolle flach rollen und halbieren. Eine 6er-Muffinform mit etwas Olivenöl einfetten und mit dem Toast auslegen.

Die Baconscheiben auf das vorbereitete Backblech legen und für ca. 10 Minuten knusprig backen. Je zwei Scheiben kreuzförmig in die Toastmulden legen.

Die Ofentemperatur auf 180 °C reduzieren. Je ein aufgeschlagenes Ei auf den Schinken geben. Mit Salz, Pfeffer und Piment würzen. Die Toast-Muffins für ca. 20 Minuten backen, bis die Eier gestockt sind.

Die frischen Knoblauchzehen in ein kleines Schälchen pressen. Die Gambas schälen und mit etwas Olivenöl in einer Pfanne braten, salzen. Kurz vor Ende der Garzeit den frischen Knoblauch auf die Gambas verteilen. Je ein Gamba auf die Toast-Muffins setzen und mit Zitronenthymian und Chilifäden garnieren.

TIPP

Die Toast-Muffins schmecken mit Gemüse, kleinen Speckwürfeln und Rührei mindestens genauso verführerisch.

REGISTER

DANK

Mein kriminalistischer Dank geht an meine Haupt-stadt-Ermittlerin und liebe Freundin Mariola. Ich bin so dankbar, dass wir uns gefunden haben! Du bist einfach ein großer Schatz!

Für ganz viel Zuspruch, Kraft, Aufmunterung und Witz danke ich meiner lieben Freundin Christine! #wirvier

Eine große Umarmung geht an meine liebe Freundin Sara!

Danke an Alf & Heidi für das Testessen und all das spontane Ausleihen von Butter, Pott und Pannen.

Danke an Rieke & Thomas für eure Freundschaft und großen Appetit auf Neues.

Danke an Gustav, Marie, Enno, Ole, Mats und all die kleinen Racker, die mit ihren Bobbycars durch meine Mittagspause brettern und immer auf der Lauer lie-ger, für etwas Süßes an meiner Haustür.

Ein ganz großes Danke geht an alle treuen Leser meines Blogs www.lisbeths.de.

Last but not least möchte ich meiner Lieblings-karotte danken! Liebe Veronika, würde es dich nicht schon geben, ich würde dich erfinden!

IMPRESSUM

© 2015 Fackelträger Verlag GmbH, Köln
Emil-Hoffmann-Straße 1
D-50996 Köln

Texte und Rezepte: Karin Buhl
Fotografie: Manuela Rüther, Köln
Umschlaggestaltung, Layout und Satz : Nicole Laka, Buchholz i.d. Nordheide
Redaktion: Svenja K. Sammet
Gesamtherstellung: Fackelträger Verlag GmbH, Köln

ISBN 978-3-7716-4624-0
Printed in Poland

www.fackeltraeger-verlag.de